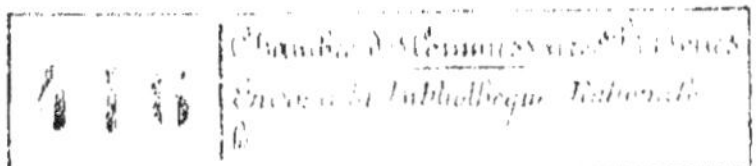

Vente du Samedi 14 Avril 1883

ESTAMPES

ANCIENNES

ÉCOLE FRANÇAISE DU XVIIIᵉ SIÈCLE

EN NOIR ET EN COULEUR

Baudoin, Boucher, Bonnet, Debucourt, Demarteau, Eisen, Fragonard
Freudeberg, Greuze
Lancret, Huet, Watteau, Wille, etc., etc.

PORTRAITS, PIÈCES HISTORIQUES

CARICATURES, JOURNAUX ILLUSTRÉS

GRAVURES EN LOTS

Dont la vente aura lieu

HOTEL DES COMMISSAIRES-PRISEURS

RUE DROUOT, 9, SALLE Nº 4

Le Samedi 14 Avril 1883

A UNE HEURE ET DEMIE PRÉCISES

Mᵉ **MAURICE DELESTRE**	**M. L. DUMONT**
COMMISʳᵉ-PRISEUR	MARCHAND D'ESTAMPES
rue Drouot, nº 27	quai des Gr.-Augustins, 21

PARIS — 1883

Vᵉ **RENOU, MAULDE** et **COCK**

IMPRIMEURS DE LA COMPAGNIE DES COMMISSAIRES-PRISEURS

Rue de Rivoli, 144.

Vente du Samedi 14 Avril 1883

ESTAMPES

ANCIENNES

ÉCOLE FRANÇAISE DU XVIIIe SIÈCLE

EN NOIR ET EN COULEUR

Baudoin, Boucher, Bonnet, Debucourt, Demarteau, Eisen, Fragonard
Freudeberg, Greuze
Lancret, Huet, Watteau, Wille, etc., etc.

PORTRAITS, PIÈCES HISTORIQUES

CARICATURES, JOURNAUX ILLUSTRÉS

GRAVURES EN LOTS

Dont la vente aura lieu

HOTEL DES COMMISSAIRES-PRISEURS

RUE DROUOT, 9, SALLE N° 4

Le Samedi 14 Avril 1883

A UNE HEURE ET DEMIE PRÉCISES

Me MAURICE DELESTRE	**M. L. DUMONT**
COMMIS^{re}-PRISEUR	MARCHAND D'ESTAMPES
rue Drouot, n° 27	quai des Gr.-Augustins, 21

PARIS — 1883

CONDITIONS DE LA VENTE

Elle sera faite au comptant.

Les Acquéreurs paieront CINQ POUR CENT, en sus des enchères,

L'ordre du Catalogue sera suivi.

ÉCOLE ANCIENNE

AKEN (Van)

1 — Paysages. — Divers, par Weyrotter, etc. 17 pièces.

ANONYMES

2 — Emblèmes. 40 pièces.
3 — Siéges, Batailles, etc. 9 pièces.

AUDRAN

4 — Histoire de Vénus, d'après l'Albane. 4 pièces.

BENARDELLI

5 — Suite de dix paysages gravés à l'eau-forte. Très belles ép.

BERGHEM

6 — Scènes champêtres. — Paysages. 9 pièces.

BLOMAËRT

7 — Apparition de l'ange aux bergers. — Résurrection de Lazare. — Sainte Famille. — Madeleine, etc. 12 pièces.

BOIS GRAVÉS

8 — Iconologie de César Perugin à Padoue, 1630.
40 pièces.

9 — Sujets religieux et divers. 18 pièces.

BOLSVERT

10 — Sainte Famille. — Achille et Ulysse, etc. 8 pièces.

BOTH

11 — Paysages. — Vues. 20 pièces.

BREBIETTE

12 — Les Vices et les Vertus. 7 pièces. Belles ép.

CALLOT

13 — Vie de Jésus, 16 sujets sur 4 feuilles. — Tentation de saint Antoine, etc. Ensemble 21 pièces.

CAYLUS (Comte de)

14 — Sujets d'après les maîtres anciens. 9 pièces. Calcographie.

CORRÉGE (Le)

15 — Les Grâces. — Jupiter et Léda. 3 pièces.

DORIGNY

16 — Sujets d'après Simon Vouet, Testelin, Lafage, etc.
8 pièces.

DREVET-EDELINK

17 — Adam et Ève. — Mlle de La Vallière en Madeleine.
— Le Christ au roseau, etc. 9 pièces.

DURER (A.)

18 — La Vierge au hibou. — Sujets divers, par Lucas de Leyde, etc. 5 pièces.

ÉCOLE HOLLANDAISE

19 — Animaux et divers. 12 pièces.
20 — Paysages. — Berghem, Ruysdaël, etc. 14 pièces.
21 — Sujets divers. 12 pièces.
22 — Les Heures du jour, etc. 7 pièces.

ÉCOLE ITALIENNE

23 — Sujets divers, par Mitelli, le Parmesan, etc. 14 pièces.

GAUTIER (Léonard)

24 — Les Prophètes. 66 pièces. Belles ép.
25 — Frontispices ornementés. 13 pièces. Belles ép.
26 — Le Passage du monde, allégorie. Belle ép.

GOLTZIUS

27 — L'Alliance de Vénus. — Jugement de Salomon. — La Foi, etc. 9 pièces.

GRANTHOME

28 — Les Sibylles. Suite complète de 12 pièces. Belles épreuves.

GUERCHIN (Le)

29 — Sujets divers, gravés par Prestel, Bartolozzi, etc. 10 pièces.

JORDAENS

30 — Le Roi de la fève. Récréation, etc. 3 pièces.
31 — Le Mariage de la Vierge. — Baptême de Jésus-Christ, etc., 7 pièces.

LEBAS

32 — Recueil de divers griffonnements, 16 sujets sur deux feuilles, très belles ép., marges.

LEBRUN

33 — La Charité, Iphigénie, etc. 10 pièces.
34 — Le grand Escalier de Versailles, 3 pièces. Les Batailles d'Alexandre. Ensemble 11 pièces.

LE MOYNE

35 — Persée et Andromède. — Saint Michel, sujets divers par Peyron. — La Hyre. 7 pièces.

LEU (Thomas De)

36 — Sibylles. 12 pièces avec encadrement, très joli titre, belles ép.,

LORRAIN (Claude)

37 — Sujets tirés du Liber Veritas. 10 pièces.

MAGGIOTTO

38 — L'Été, sujets divers d'après Biscaiano, Novelli, etc. 10 pièces.

MARATTE (C.)

39 — Assomption de la Vierge. — Jugement dernier, etc. 7 pièces.

MELLAN (C.)

40 — Sainte Famille. — Le Christ en croix. — Les Apôtres, etc. 4 pièces.

MIGNARD

41 — Sainte Cécile. — Martyre de sainte Cécile. — L'Innocence, etc. 7 pièces.

NAGEL

42 — Les Œuvres de Miséricorde, 7 pièces plus 3 de Menskert. Ensemble 10 pièces.

NATOIRE

43 — Le Triomphe de Bacchus. — Sujets divers par Le Moyne, etc. 7 pièces.

PASSE (C. de)

44 — Aman et Assuérus. — Sainte Famille, etc. 18 pièces.

POUSSIN

45 — Apollon et les Saisons. — Ascension de Jésus-Christ, etc. 3 pièces.

RAIMONDI

46 — Apollon et les Muses. — Sujets divers d'après Raphaël, Michel-Ange, etc. 6 pièces.

RAPHAEL

47 — Les Heures du jour. 12 pièces.

RUBENS

48 — Descente de croix. — Mort de Marie Magde-
leine, etc. 4 pièces.

SADELER

49 — Les Sciences. 7 pièces et le titre, belles ép.
50 — Métamorphoses d'Ovide. 6 pièces, belles ép.
51 — Sainte Famille. — Le Christ en croix. — Hercule
entre le vice et la vertu, etc. 15 pièces.

SICHEM (C. Van)

52 — Le Jugement dernier. — Jésus et la femme adul-
tère. — Sainte Famille, etc. 10 pièces.

STRANGE

53 — Esther et Assuérus. — Abraham et Agar. 3 pièces,
belles ép.

TÉNIERS

54 — La Ferme. — Le Mari jaloux. — Guinguette fla-
mande, etc. 7 pièces.
55 — Le Tric-Trac. — Le Berger content. — Saint Antoine, etc. 6 pièces.

TESTA (P.)

56 — Sujets religieux et mythologiques. 12 pièces.

TINTORET (Le)

57 — Saint Jérôme. — La Mise au tombeau. — La
Cène. — Saint Antoine, etc. 6 pièces.

TITIEN (Le)

58 — Martyre de Saint Laurent. — Le Christ au tombeau, etc. 5 pièces.

VIERIX

59 — Les Apôtres. 10 pièces.

VISCHER (C.)

60 — Salomon. — Saint Jérôme. — Adam et Ève, etc. 12 pièces.

ÉCOLE FRANÇAISE DU XVIIIe SIÈCLE ET PORTRAITS

ALIX

61 — Adélaïde et Fonrose. Belle ép. avant la lettre en couleur, marges.

ALIX-MORRET

62 — La Promenade du matin. — La Promenade du soir. 2 pièces en couleur d'après Demarne, belles ép., marges.

AMICONI

63 — La Peinture. — La Sculpture. — L'Architecture. — La Poésie. — Sujet galant. 5 pièces.

ANONYMES

64 — La Table renversée. — Le petit Maître anglais. — La petite Maîtresse anglaise. 3 pièces, belles ép.

BASSET (à Paris chez)

65 — Nouveau jeu bruyant des cris de Paris, de ses faubourgs et environs. — Pièce curieuse en forme de jeu de l'Oie. Très belle ép.

BAUDOIN

66 — Annette et Lubin, par Ponce. Très belle ép., remargée.

67 — Marchez toutdoux, Parlez tout bas, par Choffard. Belle ép., petites marges.

68 — La Sentinelle en défaut. Petite pièce de forme ronde avant la lettre, marges.

69 — Les Cerises. — La Mère en courroux. — L'Amour frivole. — Les Baigneuses surprises, par Monnet. 4 pièces.

BEAUVARLET

70 — Le Comte et la Comtesse d'Artois enfants, d'après Drouais. Très belle ép., marges.

71 — Suzanne et les Vieillards. — Le chaste Joseph. — Tancrède, etc. 3 pièces, belles ép.

BENARD

72 — Les diverses Positions de l'Escrime. 11 planches, très belles ép.

BOILLY

73 — Que n'y est-il encore. Très belle ép., marges.

74 — La douce Impression de l'Harmonie. — La Précaution. — Le Messager. 3 pièces, belles ép.

BOILLY (L.)

75 — Les Chats. — Les Chiens coiffés. — La bonne Aventure, etc. 10 pièces en noir et en couleur, belles ép.

BOISSIEU (de)

76 — Pièces diverses. 19 sujets sur 14 feuilles, belles ép.

BONNET

77 — La belle Toilette, en couleur, belle ép.

78 — Le Repos de Cérès. — Vénus et l'Amour, etc. 3 pièces en couleur, belles ép., marges.

79 — Offrande à l'Amour. — La tendre Mère, etc. 3 pièces. belles ép.

80 — Etude pour les demoiselles. 2 pièces sanguines, belles ép.

81 — Nymphe sortant du bain. — La Déclaration. — L'Amant pressant, etc. 4 pièces.

BOREL

82 — La Faute est faite, permettez qu'il la répare, par Anselin. Belle ép., marges.

83 — Rendez-vous de chasse de Henri IV, par Guttemberg. — La Reconnaissance de Fonrose, par de Launay. 2 pièces, très belles ép.; marges.

84 — Tableaux des Français. 4 pièces, belles ép.

BOSIO

85 — Le Lever. — Le Coucher des ouvrières en modes. 2 pièces en couleur, belles ép., sans marges.

BOSSE (A.)

86 — Le Barbier, belle ép.

BOUCHER

87 — Le Matin. — Jeune Dame à sa toilette, par Petit. Très belle ép., rare.

88 — Le dévot Ermite. — Le Plaisir de la chasse. — Les Bacchantes endormies. — L'heureux Berger, etc. 7 pièces, belles ép.

89 — Le Colin-Maillard. — La Bascule, etc. 4 pièces, belles ép.

90 — Don Quichotte. — Ragotin, par Oudry. — La Marchande de carpes, etc. 6 pièces, belles ép.

CARICATURES

91 — Le Concert de société. — Je vous en ratisse. — La Toilette. 5 pièces coloriées, belles ép.

92 — L'Homme mourant. — Gargantua. — Le Peintre en campagne. — La Peinture. — Le Baiser à la dérobée, etc. 13 pièces coloriées, belles ép.

93 — Les Nouvellistes. — Le grand Diable d'argent. — Le Lutrin du village, etc. 6 pièces coloriées, belles ép.

94 — La Descente de croix. — Avant. — Après. — Galerie des grotesques, etc. 10 pièces coloriées, belles ép.

95 **Henry Monnier**. Mœurs bourgeoises, suite curieuse de 24 pièces coloriées.

CARICATURES

96 — Les Métiers, par Caillot. 25 pièces.

97 **Travies** et divers. — 38 pièces en noir et coloriées.

98 **Musée grotesque.** — Le Paquebot. — Comme
font quelques-unes. — Comme beaucoup font. —
— Comme elles font toutes. — L'Écarté, etc.
22 pièces coloriées, belles ép.

CASANOVA

99 — L'heureuse Rencontre. — Deux Vues par Laurent, etc. 4 pièces, belles ép., toutes marges.

CAUVET

100 — L'Héroïsme de l'amour. — Les Victimes de
l'amour. 2 pièces, belles ép., marges.

CHARDIN

101 — La Maîtresse d'école, par Lépicié. La même pièce
par Duflos.— Le Château de cartes, par Duflos.— La
même pièce avant la lettre en réduction. 4 pièces,
belles ép., marges.

102 — La Toilette du matin. — La Pourvoyeuse, etc.
5 pièces.

CHEREAU

103 — Le Cardinal de Polignac. — Mazarin. — Chau-
veau, etc. 10 pièces.

CHEVILLET

104 — Franklin. — Le baron de Breteuil. — Le duc de
Choiseul. 3 pièces, très belles ép.

CLAESSENS

105 — La Ronde de nuit, d'après Rembrandt. — Le Ménage hollandais, d'après Gérard Dow. 2 pièces.

COCHIN

106 — Décoration du bal masqué donné par le Roi. Très belle ép. ancienne.

107 — Vue du port de Bordeaux. Belle ép. à l'état d'eau forte pure, marges.

108 — La Fontaine enchantée de la vérité d'amour, par de Saint-Aubin. Très belle ép., marges.

109 — Batailles. 8 pièces d'après Cazes. Belles ép.

COSTUMES

110 — Directoire et divers. 22 pièces.

DAULLÉ

111 — E. Pinto, très belle ép., rare.

DEBUCOURT

112 — Le Marchand de galette. — Jouis tendre mère. 2 pièces, belles ép.

113 — Il est pris, en couleur. Belle ép. coupée à l'ovale.

114 — Les Bouquets ou la fête de la grand-maman, en couleur, coupé à l'ovale.

115 — La Femme et le Mari ou les époux à la mode. — La Coquette et ses Filles ou une Mère à la mode. 2 pièces, belles ép.

116 — La Marchande de cerises, d'après Carle Vernet, en couleur, belle ép., marges.

DEBUCOURT

117 — La Marchande de coco, d'après Carle Vernet, en couleur, belle ép., marges.

118 — La Marchande d'eau-de-vie, d'après Carle Vernet, en couleur, belle ép., marges.

119 — La Marchande de saucisses, d'après Carle Vernet, en couleur, belle ép., marges.

DELAFOSSE

120 — Coriolan. — Mort d'Hypolite, par Cochin etc. 3 pièces.

DEMARTEAU

121 — Jeune Bergère couchée surprise par un garçon (n° 111). Très belle ép., marges.

122 — Jeune Femme couchée, d'après Boucher. Superbe ép., marges.

123. — Jardinier. — Jardinière, 2 pièces, d'après Boucher, belles ép.

124 — La petite Lessive, d'après Boucher. — Femme couchée, etc. 3 pièces, belles ép.

125 — Sujets divers. 5 pièces, belles ép.

DENON

126 — Le Samaritain. — Naissance de Jésus, etc. 5 pièces.

127 — Sujets tirés du voyage en Egypte. 26 pièces.

DESNOYERS (Aug.)

128 — Abélard. — Héloïse. 2 pièces en couleur, belles ép.

DIETRICY

129 — Ruînes romaines. — La Montagne percée, etc.
4 pièces, belles ép.

DREVET

130 — Maria Serre. — Cardinal Dubois, **J. Forest.**
3 pièces, belles ép.

DREVET, ÉDELINCK, ETC.

131 — Prince de Condé. — Le grand Dauphin. —
Louis XIV. — Louis XV. — Coysevox. — De
Cœtlogon, etc., 11 pièces.

DUFLOS (à Paris chez)

132 — Costumes. 7 pièces, belles ép.

EAUX-FORTES MODERNES

133 **Jacquemart** (J.). Gemmes et Joyaux. 9 pièces,
très belles ép.

134 **Flameng**. Sauvée. — Résurrection de Lazare
2 pièces, belles ép.

ÉCOLE ANGLAISE

135 — Tom Jones. 2 pièces en couleur, belles ép., sans
marges.

ÉCOLE FRANÇAISE

136 — Sujets divers. — Vignettes. — Pièces en couleur, etc. 29 pièces.

137 — Le Curieux. — Le Couché de la mariée, etc.
14 pièces. Copies modernes, 2 lots.

ÉCOLE MODERNE

138 — **Laugier**. La Vierge, d'après Simon Vouet. — Le Berger et la Mer, avant la lettre. 2 pièces, très belles ép.

139 — **Bellay**. Antonia, très belle ép.

140 — **Maile et Reynolds**. Le Mariage, 4 pièces. — Divers d'après Dubufe, etc 8 pièces.

141 — **Decamps**. Caricatures politiques et croquis. — 7 pièces.

142 — **Artiste**. (Pièces tirées de l'). 47 pièces.

143 — Animaux divers. 45 pièces.

144 — Reproduction des Faïences anciennes des plus importantes collections. 31 planches coloriées.

EISEN

145 — Le Bouquet, par Gaillard. Très belle ép., toutes marges.

FRAGONARD

146 — Les Baisers, 2 pièces par Marchand. Très belles ép., marges.

147 — La Cachette découverte, par de Launay. Très belle ép.

148 — Il a cueilli ma rose. — La Résistance inutile. 2 pièces par Regnault, belles ép., avant la dédicace.

149 — Le Songe d'amour. — La Fontaine d'amour. 2 pièces par Regnault, belles ép.

150 — L'Amour ingénieux. — Télémaque et Eucharis. 2 pièces en couleur, belles ép.

151 — Le Verrou. — Les Regrets inutiles. — Le Danger des bosquets. 3 pièces coloriées.

152 — Le Contrat. — Le Verrou. — Geneviève de Brabant. 4 pièces en couleur.

FREUDEBERG

153 — La Félicité villageoise, par de Launay. Très belle ép., marges.

154 — Le Soldat en semestre, par Ingouf. Belle ép., marges.

155 — La Dévideuse. — La Fileuse, etc. 4 pièces en couleur, belles ép.

GILBERT

156 — La belle Jambe, sanguine. Très belle ép., marges, rares.

GREUZE

157 — La Lessiveuse. Très belle ép., marges.

158 — Les Sevreuses, par Ingouf. Très belle ép., rare.

159 — Le Donneur de sérénade. — La Paresseuse. 2 pièces par Moitte, belles ép., grandes marges.

160 — La Mère en courroux, par Moitte. Belle ép., marges.

161 — La Grand-Maman. — La Privation sensible. 2 pièces par Simonet, belles ép., marges.

GOZ (de)

162 — Types curieux. — Costumes du xviiie siècle. 15 pièces, par Brichet, belles ép.

GUYOT

163 — Paul et Virginie. 3 pièces rondes. — Réduction de Paris, par Sergent. Ensemble 4 pièces en couleur, belles ép.

164 — Vue des environs de Rome. Très belle ép., en couleur, marges.

HUET

165 — L'Amant pressant. — La Déclaration. 2 pièces en couleur, par Legrand, très belles ép.

166 — La Troupe ambulante des rues de Paris. — Le Marchand d'orviétans de campagne. 2 pièces en couleur, par Bonnet, belles ép.

167 — Le Midi. — L'Après-midi. 2 pièces en couleur, par Bonnet, belles ép.

168 — Diane et ses nymphes. — L'Espoir heureux. 2 pièces en couleur, par Bonnet, belles ép.

HUTIN

169 — Salomé. — Saint Jérome, etc. 5 pièces, belles ép.

INCROYABLES (Pièces sur les)

170 — Aristide et Brise-Scellé. — L'Anarchiste. 2 pièces. très belles ép., toutes marges.

171 — Les Croyables au Pérou. — La Rencontre des Incroyables. — Hai dis donc, ma lorgnette te fait peur. 3 pièces, belles ép., toutes marges.

JANINET

172 — La Noce de village, d'après Wille. En couleur, sans marges.

173 — Vue de l'Ambigu-Comique. — Vue de la Grotte du Luxembourg. — Bas-reliefs, etc. 5 pièces en couleur et en bistre, belles ép.

JAZET

174 — Les Saisons. 4 pièces en couleur, d'après Martinet, belles ép.

JEAURAT

175 — La Coëffeuse, par Sornique. Très belle ép., toutes marges.

176 — La Jeunesse, par Lépicié. Très belle ép., toutes marges.

177 — La Rêveuse. — La Vieillesse. 2 pièces par Gaillard et Lépicié, belles ép.

KAUFMANN (ANG.)

178 — Una. — Orphée et Euridyce. — Jugement de Paris, etc. 5 pièces en couleur, belles ép.

LANCRET

179 — L'Occasion fortunée, par Scotin. Très belle ép., marges, rare.

180 — Le Glorieux, par Dupuis. Très belle ép., marges.

181 — Le Matin. — Le Midi. — L'après-Dinée. — La Soirée. 4 pièces, par de Larmessin. Belles ép.

182 — Le Printemps. — L'Été 2 pièces in-fol. en hauteur, par Audran et Scotin. Belles ép., marges.

183 — Le Matin. — Le Jardinier. 2 pièces, par de Larmessin. Belles ép.

LARGILLIÈRE (de)

184 — Le Crucifiement. Très belle ép., marges.

LAVREINCE

185 — Le Billet doux. — Qu'en dit l'abbé. 2 pièces par de Launay. Belles ép. sur vélin.

186 — La Balançoire mystérieuse. Belle ép. sans marges.

LECLERC (Sèb.)

187 — Batailles. 11 pièces et le titre. Belles ép.

188 — Diane et Calisto — Académie des sciences, etc.
3 pièces.

LECOMTE

189 — Aventures de Sargines. 2 pièces en couleur.
Belles ép., marges.

LEGRAND

190 — La jolie Veuve. — Le Dépit. **2** pièces en couleur. Belles ép.

LEMPEREUR

191 — L'Attente du plaisir, d'après Carrache. Belle ép.

LE NAIN

192 — Sujets divers. — Cabinet Basan, etc. 10 pièces.

LEPRINCE

193 — Les Bergers russes. — La jeune Nourrice. — La
Précaution inutile. 3 pièces. Belles ép.

LITHOGRAPHIES

194 — **Charlet**. Sujets rares. 12 pièces sur chine.
Belles ép.

195 — **Raffet**. Voitures.— Diligences.— Omnibus, etc.
6 pièces rares. Belles ép.

196 — Sujets divers, par Raffet, Devéria, etc. 14 pièces.
Belles ép.

197 — Vues et Sujets divers. 24 pièces.

LONGUEIL (de)

198 — Concert mécanique, d'après Eisen. Très belle ép.
avec le lustre, marges.

MALLET

199 — La Nouvelle intéressante, par Mixelle, en couleur. Très belle ép., marges.

200 — Le petit Redresseur de Quilles. — Le Télégraphe
de l'Amour. 2 pièces en couleur, par Alix. Belles ép.

201 — Le premier Baiser de l'Amour. — L'Amour les
conduit. — L'Amitié les ramène. 3 pièces, dont
2 en couleur. Belles ép.

MASSON

202 — Frédéric Guillaume. Très belle ép.

203 — Le comte d'Harcourt. — H. Rigaud. — Élisabeth
de Ghoui. — Le Dauphin, etc. 5 pièces. Calcographie.

MEYER

204 — La Chute dangereuse. — Le Berger sicilien. —
Les Laveuses, etc. 5 pièces. Belles ép.

MIGER

205 — L'Ermite sans souci. — Sujets divers, par Daret,
Chasteau, etc. 5 pièces.

MOREAU (LE JEUNE)

206 — Le Bal masqué. Belle ép.

MÜLLER

207 — Le vicomte de Turenne. Très belle ép.

NANTEUIL

208 — La duchesse de Nemours, superbe portrait, Très belle ép.

209 — Michel Le Tellier. Buste comme nature, plus deux autres portraits différents. 3 pièces.

210 — J.-F. Canon, d'après Cabouret. Très belle ép.

NÉE et MASQUELIER

211 — Les Garants de la félicité publique, d'après Saint-Quentin. Très belle ép., toutes marges.

NICOLLET

212 — Docteur Saiffert. — Le duc de Choiseul, etc. 5 pièces.

PIÈCES HISTORIQUES

213 — Expulsion des Jésuites à Vienne. — Type de la Religion, estampe d'après un tableau trouvé en Auvergne. 2 pièces.

214 — Conseil tenu par le roi. — Prise de la Bastille. — Henri IV chez le meunier. 3 pièces. Belles ép.

PIERRE

215 — La nymphe Érigone. — Sainte Famille. — Enlèvement d'Europe, etc. 4 pièces, dont une avant la lettre. Belles ép.

PILLEMENT

216 — La Vieille Tour. — La Grange. — La Laitière, etc.
6 pièces. Belles ép.

PRUD'HON

217 — Le Zéphir. — L'Amour. — Vénus au bain.
3 pièces. Belles ép.

PORTRAITS

218 — Évêque de Soanen. — Singlin, Quesnel, etc.
5 pièces.
219 — Marie-Thérèse-Charlotte. — Louis XVII. —
Marie-Louise, etc. 6 pièces. Belles ép.
220 — Femmes célèbres. 14 pièces. Belles ép.

QUÉVERDO

221 — Le Sommeil favorable. — L'Amant chéri. 2 pièces.
Belles ép.

RIGAUD

222 — Vues de Paris. 5 pièces.

SAINT-AUBIN

223 — Le duc de Penthièvre. — Joseph de l'Espine, etc.
5 pièces. Belles ép.

SCHALL

224 — Le Bouquet impromptu, par Legrand, en couleur.
Très belle ép., marges.
225 — L'Élysée. — Famille de ville. 2 pièces. Belles ép.

SCHUPPEN (Van)

226 — Édouard, prince de Galles. — De Coislin. — Comboust, etc. 10 pièces.

VANLOO

227 — Daphné. — Borée. 2 pièces. Belles ép., toutes marges.

228 — La Chasse à l'oiseau. — Halte d'officiers. — Saint Grégoire, etc. 6 pièces. Belles ép.

VERNET (Carle)

229 — Les Incroyables. — Les Merveilleuses. 2 pièces, par Darcis. Belles ép.

230 — L'Anglomane. — L'Inconvénient des perruques. 2 pièces. Belles ép., marges.

231 — Les Cris de Paris. 7 pièces coloriées. Belles ép.

VERNET (Joseph)

232 — Ports de mer. 4 pièces, dont 2 avant la lettre. Belles ép.

VERNET (Horace)

233 — Malek-Adel. 2 pièces en couleur, par Levachez. Belles ép.

234 — Mlle de La Vallière et Louis XIV. 2 pièces en couleur. Belles ép., toutes marges.

VIGNETTES

235 — Le Devin de village. — Gessner. 8 pièces. — Virgile, etc. 15 pièces. Belles ép.

236 — Sujets divers pour ouvrages modernes. 28 pièces. à l'état d'eau-forte pure.

VISCHER

237 — A. Blœmaert. Très belle ép., marges.

VUES

238 — Château de Chenonceaux. — Saint-Germain-
l'Auxerrois. — Versailles, etc. 5 pièces.
239 — par Weyrotter, Vernet, etc. 12 pièces. Belles
épreuves.

WATTEAU

240 — Du bel âge où les jeux remplissent vos désirs,
par Moyreau. Très belle ép.
241 — La Partie carrée, par Moyreau. Très belle ép.,
marges.
242 — L'Accordée de village. Très jolie pièce à l'état
d'eau-forte pure.
243 — La Déesse. — La Collation. 2 pièces arabesques
en hauteur. Belles ép.
244 — Pierrot. — Arlequin. — Colombine. 3 pièces arabesques en hauteur. Belles ép.
245 — Arlequin. — Colombine, etc. 5 pièces. Belles ép.,
sans marges.
246 — La Sculpture, Études, etc. 16 pièces. Très belles
épreuves.
247 — La Signature du contrat de la noce de village.
Belle ép.

WESTALL

248 — Jeune Femme cueillant du raisin, en couleur.
Belle ép.

WILLE

249 — La Cuisinière hollandaise. — La Gazetière hollandaise. — Le petit Physicien, etc. 4 pièces. Belles épreuves.

250 — Le Maréchal-des-logis. — L'Amour maternel. 2 pièces. Belles ép., marges.

WOUVERMANS

251 — La Fontaine de Vénus. — Cavaliers, etc. 3 pièces. Belles ép.

252 — La Moisson. — Les Voyageurs, etc. 4 pièces. Belles ép.

———

253 — Sous ce numéro, il sera vendu par lots des Estampes d'après Boilly, Boucher, Coypel, Claessens, Fragonard, Freudeberg, Greuze, Lancret, Moreau, Lebrun, Shall, Vernet, Wille, etc. Environ 110 piéces. Bonnes ép. d'un tirage postérieur à la publication.

———

254 — Sous ce numéro, il sera vendu par lots un grand nombre de Caricatures se rapportant aux années 1870-1871. Journaux illustrés : *Le Grelot.* — *La Scie.* — *L'Éclypse.* — *La Chronique illustrée.* — *Cri-Cri*, etc.

Vᵉ Renou, Maulde et Cock, imprᵉ de la Compagnie des Commissaires-Priseurs, rue de Rivoli. 144.   36930